L'ENFANT

DE CHŒUR

PAR

M. L'Abbé DEMANGE

Directeur de l'École Saint-Léopold

DEUXIÈME ÉDITION

PARIS

RUE JACOB, 5

1875

L'ENFANT DE CHOEUR

L'ENFANT

DE CHŒUR

PAR

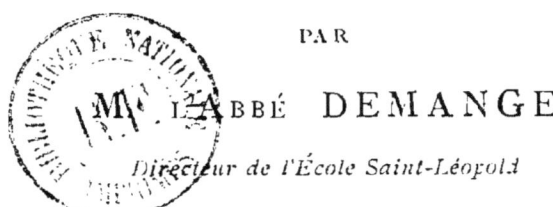

M. l'ABBÉ DEMANGE

Directeur de l'École Saint-Léopold

DEUXIÈME ÉDITION

PARIS

CHALLAMEL AÎNÉ, ÉDITEUR

RUE JACOB, 5

1875

AUX ENFANTS DE CHOEUR

DE

LA CHAPELLE SAINT-LÉOPOLD

S amuel ministrabat ante faciem Domini, puer, accinctus ephod lineo.

Et tunicam parvam faciebat ei mater sua, quam afferebat statutis diebus, ascendens cum viro suo, ut immolaret hostiam solemnem.

Puer autem Samuel proficiebat, atque crescebat, et placebat tam Domino quam hominibus.

(I. Regum. Cap. 2, v. 18, 19... 26.)

L'enfant Samuel servait devant le Seigneur, vêtu, selon son âge, d'un éphod de lin.

Et sa mère lui faisait une petite tunique, qu'elle lui apportait aux jours fixés, lorsqu'elle montait avec son mari pour offrir le sacrifice solennel.

Or l'enfant Samuel avançait : il croissait en âge et en piété, et il était agréable à Dieu et aux hommes.

(Ier livre des Rois. Chap. 2. vers. 18, 19... 26.)

I

Aux pieds du Dieu de l'innocence,
Vêtu d'un long habit de lin,
Un enfant se tient en silence :
Dans sa simple magnificence,
Quel est cet autre Eliacin ?

Il prie ! O Seigneur ! pour te plaire,
Comme il joint ses petites mains !
Quel front pur ! quel doux feu l'éclaire !
Est-ce un Ange du sanctuaire
Qui paraît sous des traits humains ?

Tantôt, dans la coupe dorée,
Debout, il présente le vin,
Ce sang de la grappe empourprée,
Qu'un mot d'une bouche sacrée,
Va changer en un sang divin.

Sonne la clochette argentine,
Enfant ! A genoux, peuple Saint !
Le Dieu du Ciel vers nous s'incline !
Quel pain, quel breuvage il destine
A celui qui l'aime et le craint !

Par ses soins tantôt l'encens fume
Du sein des charbons enflammés :
Et le feu que sa main rallume
Sans cesse agité, se consume
En des nuages embaumés.

Soit qu'aux jours d'une fête antique,
Sous les yeux d'un peuple nombreux,
Il doive, en habit magnifique,
Du Pontife à la Basilique
Suivre le cortége pompeux;

Soit qu'humblement il psalmodie
Avec le prêtre tour à tour;
Ou qu'il porte la croix bénie,
Ou qu'il tienne devant l'Hostie
Le cierge, étincelle d'amour,

Seigneur ! protégez-le sans cesse !
Qu'il soit demain comme aujourd'hui !
Qu'avec l'âge il croisse en sagesse !
Que les amis de sa jeunesse
Partout fixent les yeux sur lui !

Qu'il fasse de son âme ardente
Un pur et vivant encensoir
Dont la flamme toujours brûlante
S'échappe en fumée odorante
Vers vous, Seigneur, matin et soir !

I I

O bonheur ! ô paix du jeune âge !
O sérénité d'un cœur pur !
Beau lac à l'abri de l'orage !
Vrai ciel où la lumière nage
Et dont rien ne ternit l'azur !

Doux plaisirs, n'êtes-vous qu'un rêve ?
Non, non : à l'ombre du saint lieu,
Tel qu'un lys au vallon s'élève,
L'enfant, plein de grâce et de sève,
Grandit sous le soleil de Dieu !

III

Que l'heure s'écoulait rapide
En servant le Dieu d'Israël !
Et pourtant le temple était vide !
Sous l'or de sa voûte splendide
Ne s'incarnait point l'Éternel.

Ici, mon fils, d'un œil avide
Viens contempler l'Emmanuel !
Sur lui lève un regard timide,
Plus heureux dans ta foi candide
Que jamais ne fut Samuel !

De sa présence aux tabernacles
Admire l'ineffable amour,
Adore les touchants miracles :
Il veut, fidèle à ses oracles,
En ton âme descendre un jour !

Charmante aurore de la vie,
Déjà pâlit ton doux rayon !
Jeunesse en un matin ravie,
Adieu ! L'âge mûr t'a suivie,
Et le jour baisse à l'horizon !

O vous, qui fîtes la lumière,
Vous des cœurs l'éternel flambeau,
Dieu ! donnez à la foi première
De luire en la saison dernière
Et d'illuminer le tombeau !

Enfant ! la vie est éphémère !
Sache t'y tracer un chemin ;
Et, guidé par la voix d'un père,
Couvert des baisers de ta mère,
Fier, noble et pur, marche à ta fin !

Puis, au terme de la carrière,
Ainsi qu'un jeune pèlerin
De ses pieds ôte la poussière,
Du corps secouant la matière,
Mon fils ! vole au séjour divin

Et là, parmi les chœurs des Anges,
Devant Dieu que tu pourras voir,
Chante les célestes louanges,
Au sein de plaisirs sans mélanges,
Balance encore l'encensoir !

Célèbre la fête nouvelle
Que Dieu donne en ses saints parvis !
Et sous une robe immortelle,
Demeure en la gloire éternelle,
Enfant de chœur au Paradis.

 27 mai 1875.

TU PENSES J'ŒUVRE

C. MOTTEROZ

PARIS

TYPOGRAPHIE MOTTEROZ

Rue du Dragon, 31

www.ingramcontent.com/pod-product-compliance
Lightning Source LLC
Chambersburg PA
CBHW072258210626
46818CB00017B/1849